LES

AMOURS DE BÉRANGER

Paris. —Imp. Walder, rue Bonaparte, 44.

LES

AMOURS DE BÉRANGER

CHANSONNIER NOUVEAU

PAR

Charles Gille
V. Rabineau, Ch. Colmance, V. Drappier
H. Demanet, A. Daïès
Noël Mouret, Gustave Leroy
L. C. Durand, etc.

——

PRIX : 50 CENT.

——

PARIS

B. RENAULT ET Cie, LIBRAIRES-ÉDITEURS
8, RUE LARREY, 8

——

1856

AMOURS DE BÉRANGER.

LES AMOURS DE BÉRANGER.

Air de *Charlotte*.

Béranger consola toujours
Le travailleur et la grisette;
Liberté, chanson et Lisette,
Oui, voilà ses amours!

Poète obscur encor,
Mais que le temps regarde.
Il aimait la mansarde
Où glisse un rayon d'or;
Où, — que le gai printemps
Au ciel meure ou renaisse, —
L'amour et la jeunesse
Sont si bien à vingt ans!
   Béranger, etc.

Appui des malheureux,
Ses refrains dans l'orage
Retrempaient leur courage
En bruissant pour eux;
Toujours de leur parti,
Il guidait comme l'ange,
L'ouvrière phalange
Dont il était sorti!
   Béranger, etc.

Si des pouvoirs divers
Ses jours étaient esclaves,
Il aimait leurs entraves
Qu'illustraient ses doux vers,

Car l'étroit horizon
Conservait, pour l'histoire,
Un rayon de sa gloire
Aux murs de sa prison !
    Béranger, etc.

Son cœur n'enviait pas
Les tendresses exquises
Des superbes marquises
Aux dédaigneux appas.
Vive un frais cotillon !
Foin de l'or sur les tailles !
Toutes les Prétentailles
Pour Lise ou Frétillon !
    Béranger, etc.

Commme il l'aimait surtout,
Lisette à l'œil de flamme !
En essayant un blâme,
Comme il oubliait tout !
Heureux à ses côtés,
Ne vivant plus loin d'elle,
Et pardonnant, fidèle,
Ses infidélités !
    Béranger, etc.

A son tour, dans son cœur,
Le pays qui l'honore
Au luth qui vibre encor
Garde un amour vainqueur.
Ce luth qui l'a chanté
Appartient, avant l'heure,
Sans que la mort l'effleure,
A l'immortalité !
    Béranger, etc.

A QUOI PENSES-TU?

Air du *Petit Papillon azuré*.

Déjà sur ton front, Marguerite,
De légers plis se sont formés,
En pleurant, as-tu droit, petite,
D'abîmer ces yeux tant aimés?
Près de toi, je vois ta faucille,
Ton œil est humide, abattu;

La main sur ton cœur, jeune fille,
Jeune fille, à quoi penses-tu?

Sur un banc de feuilles placée,
Eh quoi! ton joli pied distrait
Ecrase une pauvre pensée
Qui cependant ne t'a rien fait;
La fleur que ton pied éparpille
Offensa-t-elle ta vertu?

La main sur ton cœur, jeune fille,
Jeune fille, à quoi penses-tu?

Soudain le tambour du village
Rassemble nos joyeux conscrits,
Tu tournes ton charmant visage
Du côté d'où partent les cris;
A tes cils une larme brille
Au bruit de ce tambour français...

Oh! ne me dis rien, jeune fille,
Je sais bien à quoi tu pensais.

G. LEROY.

L'ENFANT TROUVÉ.

Air de la Rose des Champs.

Depuis peu sorti d'un hospice,
Un pauvre enfant, les yeux en pleurs,
Disait : Dieu, soyez-moi propice,
Mon cœur s'use dans les douleurs ;
En caressant une chimère,
Sur l'espoir il s'est énervé.
O mon Dieu ! donnez une mère
Au malheureux enfant trouvé !

Un doux souvenir me console,
On m'a dit que j'étais petit
Lorsque ma mère devint folle,
Et que le bon Dieu la reprit ;
Son cœur céda sous la misère,
Mais il n'était pas dépravé.
O mon Dieu ! donnez une mère
Au malheureux enfant trouvé !

Un vif sentiment m'étreint l'âme,
Quand je vois d'un air triomphant,
Dans la rue une pauvre femme
De baisers couvrir son enfant ;
Hélas ! ce bonheur éphémère,
Je ne l'ai jamais éprouvé.
O mon Dieu ! donnez une mère
Au malheureux enfant trouvé !

Quand l'orphelin, seul sur la terre,
Prie à genoux le Créateur,

Il mêle un nom à sa prière.
Vincent-de-Paul, son bienfaiteur;
Par son humanité sincère
Plus d'un pauvre enfant fut sauvé.
La Charité servit de mère
Au malheureux enfant trouvé !

Ainsi disait, dans sa détresse,
Le pauvre orphelin en pleurant,
Quand une femme à lui s'adresse
Et lui dit deviens mon enfant;
Tu souffres et ta peine amère
Atteste un cœur pur, élevé.
Viens, mon fils, je donne une mère
Au malheureux enfant trouvé.   DURAND.

OU VAS-TU, PETIT OISEAU ?

Air : *A voltiger vous fatiguez vos ailes.*

Petit oiseau, timide encore,
Echappé du buisson natal,
Où vas-tu donc depuis l'aurore ?
Jeune imprudent, redoute un sort fatal
Loin du soutien de ta force éphémère,
A la jeunesse on tend plus d'un réseau...
            Ah !
L'écho m'a dit les soupirs de ta mère ;
Où vas-tu donc, pauvre petit oiseau ?

Que te manque-t-il auprès d'elle ?
N'avais-tu pas tes grains de mil ?
Pour t'écouter son cœur fidèle,
Pour t'égayer tes doux soleils d'avril ?

Les champs pour toi n'avaient pas d'onde amère,
Et la cité n'a pas de pur ruisseau.
　　　　Ah ?
L'écho m'a dit les soupirs de ta mère ;
Où vas-tu donc, pauvre petit oiseau ?

　　　Est-ce le plaisir qui t'amène ?
　　　Son faux éclat t'a-t-il séduit ?
　　　Plus d'un piége, en son beau domaine,
T'attend caché sous les fleurs d'aujourd'hui ;
Va, rien ne vaut, pour bercer ta chimère,
Le nid d'amour que balance un roseau.
　　　　Ah !
L'écho m'a dit les soupirs de ta mère ;
Où vas-tu donc, pauvre petit oiseau ?

　　　Tu fuis ma voix rude et sévère ;
　　　Dieu quelquefois punit pourtant
　　　L'enfant ingrat qui persévère
Lorsque sa mère au loin pleure et l'attend :
Ne crains-tu pas, au jour de la misère,
De retrouver un nid vide au hameau ?
　　　　Ah !
L'écho m'a dit les soupirs de ta mère,
Où vas-tu donc, pauvre petit oiseau ? Durand.

PAUVRE MÈRE.

Air de *la Rose des Champs.*

Seule, oubliée en sa mansarde,
Le front d'un nuage obscurci,
Les yeux en pleurs, elle regarde
Un jeune enfant qui pleure aussi.

— C'est le fruit du libertinage
Ont dit les heureux d'ici bas...
— Pauvre mère, reprends courage, } *bis*
De ton enfant ne rougis pas.

En effet, quoique fille encore,
L'enfant qu'elle allaite est le sien...
Et pour cet ange qu'elle adore,
Hors son travail, elle n'a rien !
Faible, il lui faut, manquant d'ouvrage,
En chercher, son fils dans ses bras !
— Pauvre mère, reprends courage,
De ton enfant ne rougis pas.

Belle et folle, je l'ai connue,
Avant qu'un brillant désœuvré
Eût fait à la tendre ingénue
Un serment qu'elle a cru sacré.
Séduire une enfant pure et sage
Dieu ne le pardonnera pas !
— Pauvre mère, reprends courage,
De ton enfant ne rougis pas.

Avec dédain, quand elle passe,
Des mères disent : La voici !...
— Toute femme doit trouver grâce
Qui tombe et se relève ainsi !
La chaste épouse qui l'outrage,
Sans guide eût pu tomber plus bas !
— Pauvre mère, reprends courage,
De ton enfant ne rougis pas.

Quand, sous votre parole amère,
Son front pâlit, son cœur se fend ;

Allez au bal heureuse mère
Dont une autre nourrit l'enfant;
Allez, sans rougeur au visage,
Demi-nus montrer vos appas...
— Pauvre mère, reprends courage,
De ton enfant en rougis pas.

Ah! ne lui soyez plus hostiles,
Vous, dont le cœur est faible aussi,
Bien des vertus sont plus faciles
Qu'une faute expiée ainsi!....
Que chacun console et soulage
Celle à qui Dieu rouvre ses bras!...
Pauvre mère, reprends courage,
De ton enfant ne rougis pas.   A. JOLLY.

LE VÉRITABLE ENFANT DE PARIS.

Air de *la Fauvette de Paris*.

Aimer la fleurette,
Les jeux et les ris;
Voilà, la lirette,
L'enfant de Paris.

Comme un vaudeville,
Son esprit malin
Enchante la ville
Et plaît au moulin;
Il est érudit,
Possède une belle mémoire,
Mais tout ce qu'il dit
On n'est pas forcé de le croire.
Aimer la fleurette, etc.

Comme une hirondelle
Il vole toujours,
Il est infidèle
Dans tous ses amours;
C'est un papillon
Léger comme un cœur de coquette,
C'est un vrai brouillon,
En lui tout est bon hors la tête!
Aimer la fleurette, etc.

Il parle avec grâce
Et chante avec goût,
Rien ne l'embarrasse,
C'est un brise-tout;
Comme ses aïeux,
Quand le sort le fait militaire,
Il est orgueilleux
Et vaillant comme un mousquetaire.
Aimer la fleurette, etc.

Si, comme naguère,
Sur le champ d'honneur,
On faisait la guerre,
Il serait vainqueur;
Si quelque félon
Vendait le drapeau tricolore,
Aux buttes Chaumont
On le verrait courir encore.
Aimer la fleurette, etc.

De sa tendre mère
Il est le soutien,
Il est sur la terre
Son ange gardien;

Quand le vent du soir
Entonne son chant de détresse,
Il est son espoir,
Il est son bâton de vieillesse.
Aimer la fleurette, etc.

Noël MOURET.

NE PARTEZ PAS.

Air :

Quoi ! vous voulez quitter votre village
Et l'humble toit qui vous a vu grandir?
Ah ! croyez-moi, Lise, soyez plus sage,
Faites ici doux rêves d'avenir ;
L'enfant qui fuit loin des yeux de sa mère
Mouille de pleurs la trace de ses pas,
Du repentir la coupe est trop amère :
Ah ! croyez-moi, Lise, ne partez pas.

L'on vous vanta la ville des merveilles,
Paris brillant, Paris, roi des plaisirs,
Ces vains attraits ont fatigué vos veilles,
Et dans vos sens s'allument maints désirs ;
Vous oubliez, sous une folle ivresse,
Ce mot d'amour autrefois dit tout bas,
Que l'amitié scella d'une caresse :
Ah ! croyez-moi, Lise, ne partez pas.

Dans votre esprit vous souriez d'avance
Au bal joyeux, au théâtre enchanteur,
A ces reflets dorés de l'opulence,
Brûlant les yeux, mais délassant le cœur ;
Naïve enfant du printemps de la vie,
N'effeuillez point les roses, les lilas,

Tout fane et meurt au souffle de l'envie.
Ah ! croyez moi, Lise, ne partez pas.

C'est au foyer, berceau de la famille,
Sous ce vieux toit qu'ont rajeuni vos chants,
Qu'il faut trouver, ô douce jeune fille !
Du vrai bonheur les charmes attachants;
Le flot jaloux qui, là-bas, vous entraîne,
De doux trésor vous ravit les appas;
Jouet des vents la vague est incertaine.
Ah ! croyez-moi, Lise, ne partez pas.

                    M. PATEZ.

LES ADIEUX A LA MANSARDE.

Air du *Nez culotté.*

Reçois mes adieux, — Modeste mansarde,
Je quitte ces lieux — Que le vent lézarde ;
    Bonsoir, mon voisin, — Demain,
        Je pars pour Pantin.

    Maudit le jour qui me fit prolétaire,
            Sauf le métier,
        Mieux vaut être portier ;
    On a du moins chez le propriétaire
            Gratuitement
        Son petit logement,
            Et pour son loyer,
    Plus heureux que le locataire,
            Jamais le portier
    Chez lui ne voit entrer l'huissier.
            Reçois, etc.

Je porte envie au sort de Diogène,
Ah! comme lui,
Que ne suis-je aujourd'hui!
Ce philosophe, à l'abri de ma gêne,
En plein soleil
Goûtait un doux sommeil.
Sans un lourd fardeau
En censeur de l'espèce humaine,
Jusqu'à son tombeau
Il roula gaîment son tonneau.
Reçois, etc.

On n'a jamais vu, de mémoire d'homme,
Le logement
Aussi cher qu'à présent;
Pour un trimestre, il faut tripler la somme,
Soit au premier,
Au second, au grenier.
Mes sens sont aigris,
Vraiment bientôt je ne sais comme
Les rats, les souris
Pourront se loger à Paris!
Reçois, etc.

C'est pourtant là que du sein de ma mère,
Fruit de l'amour,
Je vis mon premier jour;
C'est encore là que mourut mon vieux père,
Laissant mon cœur
En proie à la douleur;
Je croyais ici
Comme eux terminer ma carrière,
Mais pour mon souci
Le sort ne le veut pas ainsi.
Reçois, etc.

MARJOLAINE.

Air de *la Permission de dix heures*.

Perle fine du hameau,
    Voyez Marjolaine
Qui va danser sous l'ormeau,
    En jupe de laine;
Pas de fillette aux alentours
Qui soit plus simple en ses atours;
    C'est un lis dans la plaine.
    Vers le bal courez tous;
Beaux danseurs, qu'y cherchez-vous?
Du plaisir? en voilà, — Marjolaine est là!

Marjolaine est un trésor
    Que chacun envie;
Tête vive; mais cœur d'or;
    C'est toute sa vie.
Quand arrivent neige et glaçons,
De ses jeux et de ses chansons
    La veillée est ravie.
    Soirs si courts! soirs si doux!
Jeunes gens, qu'y cherchez-vous?
Des amours? en voilà, — Marjolaine est là?

Oui, mais allez doucement,
    Marjolaine est sage;
Jamais indiscret amant
    N'ouvrit son corsage;

Elle permet bien un baiser,
Mais, gare à qui voudrait oser
  Le tendre apprentissage!
  Il lui faut un époux;
Beau Lucas, que cherchez-vous?
Du bonheur? en voilà, — Marjolaine est là!
                Victor Rabineau.

JEANNE, JEANNETTE ET JEANNETON

Air de *la Fleur des champs*.

Voyez-vous ces trois jeunes filles
Dont l'amour peut faire un doux choix,
Toutes trois, plus ou moins gentilles,
Mais séduisantes toutes trois?
Elles parfument les campagnes,
Ces trois fleurs du pays breton...
De qui serez-vous les compagnes,
Jeanne, Jeannette et Janneton?

Jeanne que maint seigneur proclame,
Jeanne qui connaît sa beauté,
A tout l'air d'une grande dame
Sous sa toilette et sa fierté;
Jeanne est vraiment la plus altière
Des beautés de tout le canton...
De vous prendra-t-on la plus fière,
Jeanne, Jeannette et Jeanneton?

Jeannette toujours rit et chante,
Les échos ne lui manquent pas,
Sa chanson plaît, son rire enchante,
Ses airs coquets son pleins d'appas;

Sa gaîté, dont chacun raffolle,
Se moque de qu'en dira-t-on...
De vous prendra-t-on la plus folle,
Jeanne, Jeannette et Jeanneton !

Jeanneton qui souvent s'enferme,
Travaille dans toute saison,
C'est la Cendrillon de la ferme,
C'est le bijou de la maison ;
Elle ne séduit au passage
Ni par ses yeux ni par son ton...
De vous prendra-t-on la plus sage,
Jeanne, Jeannette et Jeanneton ?

De Jeanne la beauté s'envole,
Tout seigneur près d'elle a passé ;
Jeannette, autrefois si frivole,
En vain recherche un fiancé ;
Chez Jeanneton, fleur vigoureuse,
L'hymen joint la bure au coton...
De vous qu'elle est la plus heureuse,
Jeanne, Jeannette et Janneton ?

Victor BLANCÉ.

LES FARFADETS.

Air de l'Auteur des paroles.

Dansez, dansez, farfadets,
Satan vous invite :
Dansez, dansez, sautez vite,
Gais esprits follets ;

Spectres et fantômes,
Sortez tous de vos tombeaux.
Squelettes et gnômes,
Divertissez-nous par vos chants infernaux.
Tra la, la, la, etc., etc.

Quittez, quittez vos demeures antiques,
Venez errer sur ces poudreux débris,
Et répétez, dans vos chants fantastiques :
Mortels, c'est là, c'est là que fut Paris !
    Dansez, dansez, farfadets, etc.

Satan, ce soir, donne un bal magnifique,
Mais pour l'orchestre il n'a pas d'instruments ;
Sautez, dansez, vous aurez pour musique
Le bruit fêlé de vos secs ossements.
    Dansez, dansez, farfadets, etc.

Voulant aussi plaire aux âmes mortelles,
L'ange déchu que l'on nomme Satan
A convié les épouses fidèles,
L'enfer, hélas! sera beaucoup trop grand?
    Dansez, dansez, farfadets, etc.

Plus d'un auteur, dans son drap mortuaire,
Honorera nos plaisirs bien conçus :
Nous possédons des esprits sous la terre...
Quand les auteurs en manquent tant dessus!
    Dansez, dansez, farfadets, etc.

Puis, nous aurons des chansonniers aimables
Dont la goguette a redit les accords :
Piron, Panard, Debraux sont de bons diables,
Et leurs chansons réveilleraient des morts.
    ansez, dansez, farfadets, etc.
                        G. LEROY.

LES SOLDATS DE LA LOIRE.

Air : *Quelle valse vive et légère.*

Doux souvenirs de mon pauvre village,
    Hélas ! qu'êtes-vous devenus ?
Plaisirs qui charmez mon jeune âge,
    Adieu, je ne vous verrai plus !

   Du haut d'une montagne,
   Deux pauvres grenadiers
   Contemplaient la campagne
   Qu'ils avaient sous leurs pieds;
   Jean nettoyant ses armes,
   Tout pensif, écoutait
   Paul qui, les yeux en larmes,
   Tristement répétait :
      Doux souvenirs, etc.

   Au loin dans la poussière
   Je distingue, grand Dieu !
   Notre pauvre chaumière
   Détruite par le feu.
   Vois cette croix de pierre
   Où le soleil reluit ;
   C'est celle de mon père;
   Amis, prions pour lui !
      Doux souvenirs, etc.

   Quelle est cette musette ?
   Quels sont ces paysans ?
   Est-ce le jour de fête
   Qu'on chôme tous les ans?
   C'est une mariée
   Qu'on voit passer là-bas,

Ciel! c'est ma fiancée ;
Lise ne m'attend pas !
    Doux souvenirs, etc.

Le soldat de la Loire
Aime encor l'empereur ;
Nous partagions sa gloire,
Partageons son malheur.
La fortune cruelle
A trahi sa vertu !
Sainte-Hélène t'appelle
Soldat, hésites-tu?
    Doux souvenirs, etc.

On coupe le vieux hêtre
Ornement de ces monts ;
A son ombre , un vieux prêtre
Me fit de doux serments.
Sur ce banc de bruyère
Aux tronçous racornis,
Quand je partis, ma mère
M'a dit : Je te bénis !
    Doux souvenirs, etc.

Ils quittent cette place
Qui les vit tant souffrir ;
Se perdant dans l'espace
Qu'ils ont à parcourir.
Pour faible souvenance
Le vieux Jean entreprit
Cette simple romance
Que le hasard m'apprit.
    Doux souvenirs , etc.
            G, LEROY.

BERNERETTE.

Paroles d'A. DALÈS.—Musique de A. MARQUERIE.

Ah ! ah ! Bernerette,
Gentille Brunette
Avec ta gaîté,
Garde, ma petite,
Dans ton cœur partout vanté,
Ces doux mots que l'on crie :
Egalité, — Fraternité, — Humilité,
Amour, pardon et charité.

Qu'elle est gentille, Bernerette
A l'œil fripon,
Au cœur si bon ;
Elle aime à donner en cachette,
Chacun cite de la fillette
La charité,
Et la bonté,
L'esprit, la grâce et la beauté :
Sur sa route, jamais, en vain,
Un pauvre ne lui tend la main.
Ah! ah! Bernerette, etc.

Il faudrait la voir, Bernerette,
A l'air mutin,
Chaque matin,
Joyeuse, quitter sa couchette,
Pour entendre de l'allouette
Et les doux sons

Et les chansons;
Courir au travers des moissons,
On croirait, la voyant aller,
Voir un papillon s'envoler.
　　Ah! ah! Bernerette, etc.

Le sort a doté Bernerette
　　De moins d'écus
　　Que de vertus;
Par bonheur, elle est peu coquette,
Elle sait plaire sans toilette,
　　Des vains atours
　　Riant toujours,
Par ses bienfaits comptant ses jours
Pour donner, l'autre jour encor,
La belle a vendu sa croix d'or.
　　Ah! ah! Bernerette, etc.

Pour donner sa main, Bernerette,
　　Sans briguer l'or
　　D'un matador,
A l'amour vrai payant sa dette,
A su se choisir en cachette
　　Un artisan
　　Doux, bienfaisant;
Par le travail s'utilisant,
La fauvette de l'atelier
Prend pour époux un ouvrier.
　　Ah! ah! Bernerette, etc.

LA FIANCÉE MOURANTE.

Air de *Mes 20 ans*, ou *du Retour en France*.

Comme un beau lis dont la tige s'incline,
Frêle et glacé au souffle des autans.
Telle, chez moi, fleur de santé décline,
Telle, je passe, et je n'ai pas vingt ans?
O toi qui fus mon unique pensée,
Toi que j'appelle à me fermer les yeux,
Ecoute, ami : je meurs ta fiancée,
Mais souviens-toi que je t'attends aux cieux.

J'étais déjà défaillante et plaintive,
Quand sur mon cœur j'ai senti ton pouvoir;
Alors, j'ai cru que ma langueur native
Allait se fondre au feu de ton œil noir.
Quoiqu'impuissant à vaincre ma souffrance.
Va ! ton amour m'est toujours précieux;
Il est encor ma dernière espérance,
Mais souviens-toi que je t'attends aux cieux.

Suis-je pour toi d'une existence étrange
En implorant un dévoûment si beau?
N'as-tu pas dit : Je t'aime, ô mon cher ange,
Et veux t'aimer au-delà du tombeau.
Puisque l'amour survit à l'existence
(Tu l'as juré : serment délicieux!)
Vivante ou morte, il me faut ta constance,
Mais souviens-toi que je t'attends aux cieux.

2

Quel doute affreux vient me traverser l'âme !
Mes derniers vœux seraient-ils superflus ?
D'autres beautés, sollicitant ta flamme,
Te tromperaient, quand je ne serai plus !
Ah ! par pitié, fuis ces enchanteresses...
Mon ombre, hélas! te suivrait en tous lieux ;
Si tu te sens faiblir à leurs caresses,
Ah ! souviens-toi que je t'attends aux cieux.

LA GRISETTE D'AUJOURD'HUI.

Air de *Margot.*

Comme Lisette,
Folle grisette,
C'est le plaisir qui partout me conduit,
Et pour qu'on m'aime,
Toujours la même,
Je veux demain rire comme aujourd'hui.

Quand d'un ciel bleu le rayon me regarde,
Jamais l'ennui n'assiste à mon réveil.
Et la gaîté chante dans ma mansarde,
Comme un pinson qui voltige au soleil ;
Blonde fleuriste,
Rien ne m'attriste ;
L'insouciance habite mon séjour ;
Active abeille,
Dans ma corbeille,
Le travail met son miel de chaque jour.

Qu'un autre rêve et boudoir et soubrette ;
Moi, je m'en passe, et quel joyeux émoi,

Losqu'admirant ma petite chambrette
Je dis : C'est peu ; mais ce peu n'est qu'à moi,
Pauvre, ma vie
Est sans envie
Et, pour goûter mes humbles passe-temps,
Que de duchesses
De leurs richesses
Paîraient les fleurs de mes dix-huit printemps !

Aux passions qui causent tant d'alarmes,
Moi je résiste et ne veux point penser :
L'amour, dit-on, fait répandre des larmes
Que le plaisir ne fait jamais verser.
Sans qu'il m'en coûte,
Mon cœur l'écoute ;
C'est lui, qui fait mes dimanches heureux,
Lui seul m'inspire,
Et mon empire
A moins d'amants qu'il ne voit d'amoureux.

Lorsque paraît l'aurore d'une fête,
Quittant d'un bond mon étroit horizon ;
J'ouvre mon aile agile et satisfaite,
Comme un oiseau qui fuit de sa prison,
A la campagne,
Vive compagne
D'un gai voisin qui suit mon gai chemin ;
De Rigolette
J'ai la toilette,
Et Cabrion qui succède à Germain.

Je vois sans trouble une robe superbe
Fendre l'espace en un landau hautain ; [l'herbe,
Car, pour s'ébattre aux bois, aux champs, sur
L'humble coton vaut mieux que le satin.

Je cours, je vole,
Leste et frivole,
Et quand le soir baisse son blond rideau,
J'aime à paraître
Au bal champêtre
Que ne vaut pas Mabile ou le Prado.

Quand le ciel gronde ou que la neige enchaîne
Mon vol lointain, mes jeux, ma liberté,
Pour me sourire en allégeant ma chaîne,
J'ai près de moi les amis de l'été.
Toujours folâtre,
D'un gai théâtre,
Je vais tantôt applaudir les succès,
Riante sphère
Que je préfère
A l'Odéon, au Gymnase, aux Français.

Tantôt chez moi, fidèle à ma devise,
Je donne un bal que nous-mêmes parons,
Fête de nuit qu'un caprice improvise,
Avec des fleurs, du cidre et des marrons!...
Mes amourettes
Chez les lorettes
Ont provoqué plus d'un rire moqueur.
Tout nous sépare;
Qu'on nous compare,
Je sais donner et non vendre mon cœur.

Voilà ma vie, elle n'a point d'entrave,
J'aime avant tout ma douce liberté;
Je suis mon maître en n'étant pas esclave,
Et sans vainqueur, n'ayant jamais lutté.
Comme Lisette, etc.

JAMAIS MON COEUR NE CESSA DE T'AIMER.

Air de *Mes vingt ans.*

Reine aux doux yeux, idole de ma vie,
Pourquoi ces pleurs qui voilent ta beauté?
Lorsqu'à tes lois mon âme est asservie,
Pourquoi tant craindre une infidélité?
Qu'au bonheur seul ta raison s'abandonne,
A tort ainsi cesse de t'alarmer ;
Je n'eus jamais de plus sainte madone.
Jamais mon cœur ne cessa de t'aimer.

Crains-tu vraiment ces femmes ignorées
Qu'en un salon mes propos encensaient !
Peux-tu savoir... avec toi comparées,
Combien alors de beautés pâlissaient?
Si quelquefois je leur rendais hommage,
Si quelque belle a paru me charmer,
C'est qu'elle vint m'offrir ta douce image.
Jamais mon cœur ne cessa de t'aimer.

Jalouse encore... tu scrutes ma pensée,
Tu crains de perdre, il semble, un souvenir?
Toi dont la gloire, en ma fièvre insensée,
Se mêle à tous mes rêves d'avenir;
Quand du sommeil les gracieux mensonges
De ton amour viennent me parfumer ;
Tu fus toujours l'ange de mes beaux songes.
Jamais mon cœur ne cessa de t'aimer.

Ma loyauté plaide aussi ma défense,
Crois en mes vœux qui sont des vœux chrétiens;

Ai-je encouru le soupçon qui m'offense ?
Lorsque toujours mes désirs sont les tiens.
Dois-je exciter ainsi ta jalousie
Quand ton regard suffit pour m'enflammer ?
Tu m'as offert la coupe d'ambroisie,
Jamais mon cœur ne cessa de t'aimer.

LES ANGES DE LA CHARITÉ.

Air du *Rayon de soleil*.

Dans cette nuit de terreurs et d'alarmes,
Nous avons vu ce vaste embrasement ;
Ces feux cruels qui coûtent tant de larmes,
Ces désespoirs si grands en un moment...
Mais tout à coup, dans ce brûlant espace
Sont apparus des anges protecteurs...
Dieu met toujours, près du fléau qui passe } *bis*
La charité qui calme les douleurs.

Combien peut-être en ces terribles heures,
Sans le secours de maints bras généreux,
Lorsque la mort embrasait leurs demeures
Seraient tombés, sauvés soudain par eux !...
Les dévoûments, sans révéler leur trace.
Sont âme et corps, dans de pareils malheurs...
Dieu met toujours, près du fléau qui passe,
La charité qui calme les douleurs.

Heureux ou non, au long cri qui s'élance,
Rapide écho, tout homme a répondu ;
Le sou du pauvre à l'or de l'opulence,
Don fraternel, s'est bientôt confondu ;
Les arts unis sont venus prendre place
Parmi les rangs d'appuis consolateurs...
Dieu met toujours, près du fléau qui passe,
La charité qui calme les douleurs.

Entendez-vous cette voix protectrice,
Infortunés que le sort fait martyrs?
Le vent des nuits porte à l'Impératrice
L'appel mourant de vos derniers soupirs...
Son âme oppose au coup qui vous terrasse
Des mots divins qui sèchent bien des pleurs...
Dieu met toujours, près du fléau qui passe
La charité qui calme les douleurs.

Espérez donc, vous dont le deuil palpite,
Phalange entière échappée au trépas;
Et vous, enfants que l'enfant déshérite,
Ah! que la foi soutienne encore vos pas.
De jour en jour, où l'orage s'efface,
Un doux soleil peut ramener des fleurs...
Dieu met toujours, près du fléau qui passe,
La charité qui calme les douleurs.   DURAND.

LES SEPT MERVEILLES DU MONDE.

Paroles de V. DRAPPIER. — Musique de A. MARQUERIE.

Sœur d'Apollon, qui remplissez nos veilles
De doux récits, de doctes entretiens,
Réveillez-vous au nom des sept merveilles
Que contemplait le monde des anciens!

Retracez-nous leur image effacée,
Et nous pourrons peut-être, mieux instruits,
Recomposer au moins par la pensée
Ces monuments que le temps a détruits...

C'est toi, salut phare d'Alexandrie
Ton haut fanal, au foyer protecteur,
A des écueils d'une mer en furie
Sauvé l'esquif de maint navigateur...

Sans que le flot te sape ou te corrode,
Dominateur des abîmes béants,

Je te contemple, ô colosse de Rhode.
Géant des mers taillé par des géants.

Je vois encor, sous un ciel plein d'étoiles,
La nef de guerre et l'antique vaisseau
Rentrer au port sans replier leurs voiles,
Entre tes pieds qui leur font un berceau.

Quand des fléaux l'aveugle frénésie,
En te brisant, t'eut laissé sans abris,
On vit passer sur les ronces d'Asie
Neuf cents chameaux chargés de tes débris !

Hommage à vous, jardins de Babylone,
Murs qu'embaumaient mille odorants semis ;
Remplis des noms que la gloire environne
De Ninias et de Sémiramis.....

Au sein des fleurs, en tout temps parfumées
Où l'Amour règne, où l'Ivresse s'endort,
L'écho redit les rondes des alméss,
Dansant en chœur aux sons des sistres d'or !

Toujours debout sur vos sables arides,
Vous qu'à vos sœurs la renommée unit,
Quatre mille ans ; ô vieilles pyramides !
Pèsent en vain sur vos fronts de granit...

Tombeaux des rois, ou divins réceptacles,
De leurs secrets vos antres sont jaloux...
Pas un écho ne sort de vos spectacles,
Livres fermés, nul ne peut lire en vous !

En regardant vos masses éternelles,
Vous attirez en vain l'œil curieux,
Car vous avez toujours pour sentinelles
Vos sphynx de pierre au sens mystérieux ?

Vos grands sommets, incrustés dans l'histoire,
Ont vu jadis, domptés par les combats,

Napoléon, que guidait la victoire,
Vous désiguer pour but à ses soldats...

O Jupiter! j'admire ta statue
De marbre et d'or, dont il ne reste, hélas!
Depuis longtemps dans la poudre abattue
Que le grand nom du sculpteur Phidias!

Temple d'Ephèse, admirable merveille
Où tout l'Olympe était représenté
Ta cendre éparse en mon esprit réveille
Le nom du fou qui brûla ta beauté...

Ne pouvais-tu, Diane chasseresse,
Prendre, avant l'heure où ton temple est tombé,
Dans ton carquois ta flèche vengeresse,
Ou bien l'armei du croissant de Phœbé?

Autour de toi, soudain, divine Hécate,
Réunissant mille secours offerts,
Ne pouvais-tu foudroyer Erostrate
Ou le plonger vivant dans les enfers?

Quelle est là bas la reine désolée?
C'est Artémise à l'amour immortel,
Qui, nuit et jour, auprès du mausolée
Va promener son chagrin éternel.

Quel monument! quel chef-d'œuvre elle élève
Toujours fidèle aux mânes d'un époux
Lorsqu'à ses pleurs le trépas seul l'enlève,
Femmes du jour, quel exemple pour vous!

Sœurs d'Apollon, qui remplissez mes veilles
De doux récits, de doctes entretiens,
Réveillez-vous au nom des sept merveilles
Que contemplait le monde des anciens...

LA POUDRE DE PERLINPINPIN.

Musique nouvelle de A. MARQUERIE.

La Poudre de Perlinpinpin
Plaît au vieillard, au galopin;
Le Champenois et l'Auverpin
La voudront voir, tant c'est rupin!
On voudra voir, tant c'est rupin,
La Poudre de Perlinpinpin.

Pièce immense!
Ça commence
Au milieu d'un beau palais
Où des valets
Trott'nt sans cesse;
Un' princesse
Vient au monde au même instant
V'lan!
Un esprit noir aux blanch's épaules
De cett' petite emport' le cœur.
Faudra l'aller r'prendre dans *les pôles*
Pour dev'nir plus tard son vainqueur.
La Poudre, etc.

Un jeune homme
Qu'on renomme
Du mendiant Perlinpinpin,
Un vieux clampin,
R'çoit un' poudre
Qu'il saupoudre
Pour fair' plus d'un p'tit mic-mac
Crac!
L'objet d' la bell', vient-il d'apprendre,
R'pos' dans un vas'... cruel ennui!

Je pars de jour, dit-il, le r'prendre,
Et j' rapport'rai *le vas'... de nuit !*
  La Poudre, etc.

    Le beau-père
    Dans ce r'paire
Veut suivr' son gendr' prétendu.
    C'est entendu !
    Un navire
    Qui chavire
Emmèn' l'amant et le roi
      Droit.
Mais, ballottés par un' tempête,
Ils gagn'nt les côt's, ce que moi j' frais.
Or, le vaisseau sus c' coup *d' temps pette,*
Voilà nos homm's dans le *port frais.*
  La Poudre, etc.

    De cett' rive
    On arrive
Dans un lieu dont les glaçons
    Donn'nt des frissons.
    C't endroit r'cèle
    L' cœur de celle
Qui n' devait le r'voir jamais ;
      Mais
A pein' de r'tour à la consigne,
La fille a-t-elle repris son bien
Que l' traître en vrai *dind'* fait un *signe,*
Notr' jeun' premier n' possède plus rien.
  La Poudre, etc.

    La fillette
    Gentillette
Va r'cherchant d' son fiancé
    L'objet pincé.
    Comm' ça s' trouve,
    Ell' le r'trouve

Et l' rend à son amoureux
    Creux.
Accourt maint diable armé d' cimeterre,
Mais la bonn' fée a des écus ;
Dix-neuf démons roul'nt sur la terre,
Avec leur chef ils sont *vaincus.*
    La Poudre, etc.   Hippolyte Demanet.

PREMIER AMOUR.

Air du *Cheveu blanc.*

Lise, à quinze ans, vous êtes demoiselle,
Votre regard devient plus langoureux,
Bientôt chacun va déployer son zèle
Pour vous glisser des propos amoureux ;
Or, sur ce point plus le trouble s'augmente,
Plus d'un flatteur le langage est chéri ;
Toute voix plaît qui vous prône charmante !...
Vous comprenez ; Lise, vous avez ri !

Quand vous aviez, bien que douce et gentille,
Ces simples goûts qu'à votre âge on défend,
Malgré l'ardeur qui dans vos yeux pétille,
Pour nous alors vous n'étiez qu'une enfant ;
Mais de vos jours quand l'horizon se dore,
Quand vos attraits sont ceux d'une péri ;
Quelqu'un est là, tout près, qui vous adore,
Vous comprenez ; Lise, vous avez ri !

Toujours aussi d'une aimable innocente
L'âme perçoit un certain mouvement,
Aux frais dehors de sa candeur naissante
Vient se mêler un secret sentiment ;
L'illusion, fantasque girandole,
Lui laisse voir les ombres d'un mari :
Dans chaque humain elle rêve une idole
Vous comprenez ; Lise, vous avez ri !

Or, aujourd'hui que ce trait de lumière
Pénètre en vous par son noble côté,
Lorsqu'au bonheur souriant la première
Votre espoir s'ouvre à la félicité,
Pourquoi dès lors ne pas suivre à la lettre
Ce conseil pur que mon cœur a nourri ;
Faire un heureux, c'est vouloir aussi l'être,
Vous acceptez; Lise vous avez ri ! DEMANET.

L'ORPHELIN ET LE PASTEUR.

Air : *la Bohémienne en a menti.*

Un soir par un froid rigoureux,
Un jeune enfant, la voix cassée,
Disait : tendant sa main glacée,
Bons passants, soyez généreux ;
Il murmurait dans sa prière :
Si vous avez le cœur humain,
Donnez pour ma bonne grand'mère;
Elle meurt de froid et de faim !

La mort fit tomber sous ses coups
Mon bon et respectable père ;
Un mois après, cette mégère
Réunissait les deux époux :
Depuis ce jour, douleur amère !
Il m'a fallu tendre la main.
Donnez pour ma bonne grand'mère;
Elle meurt de froid et de faim !

Nos créanciers voulant leur dû,
Sans nul égard pour mon jeune âge,
Fondirent sur notre ménage ;
Ces méchants hommes l'ont vendu,
Depuis ce jour, douleur amère !
Il me fallut tendre la main.
Donnez pour ma bonne grand'mère ;
Elle meurt de froid et de faim !

3

On fuyait l'enfant du malheur
Qui, presque nu, couvert de neige,
S'était fait d'une borne un siége ;
Lorsqu'à lui vint un bon pasteur :
Pauvre petit, votre misère
Touche, lui dit-il à sa fin ;
Conduis-moi près de ta grand'mère,
Vous n'aurez ni froid ni faim !

L'enfant, ranimé par ces mots,
Le guide alors vers sa demeure
Balbutiant ; ah ! voici l'heure
Où vont disparaître nos maux !
Béni soit l'ange tutélaire
Que Dieu plaça sur mon chemin !
Réveille-toi, bonne grand'mère,
Nous n'aurons plus ni froid ni faim !

Sois moins joyeux, dit le vieillard
A l'enfant qui rit et sautille,
Hélas ! tu n'as plus de famille ;
Dieu vers vous m'envoya trop tard !
Il t'a, dans sa sainte colère,
Préparé ce nouveau chagrin ;
Oh ! prions-le pour ta grand'mère,
Elle n'a plus ni froid ni faim !

Désiré ROGER.

JE VEUX VOUS AIMER MALGRÉ VOUS.

Air du *Cheveu blanc.*

Oui, je le sais, en vain ma voix tremblante
S'est entr'ouverte à d'imprudents aveux ;
De votre accueil la froideur accablante,
De jour en jour a repoussé mes vœux ;
En vain, pourtant j'exilerai ma flamme
Loin de vos yeux pour moi pleins de courroux ;

Ces yeux, toujours, brilleront dans mon âme;
je veux, je veux, vous aimer malgré vous.

Je veux aimer vos grâces merveilleuses,
Vos traits charmants, vos sarcasmes soudains;
Lorsque je sors, vos paroles joyeuses,
Quand j'apparaîs, vos écrasants dédains:
Mon cœur brisé se plaît dans votre chaîne;
De vos mépris il a béni les coups.
L'Amour souvent a désarmé la haine...
Je veux, je veux vous aimer malgré vous.

Oui, vous avez le droit de m'interdire
Le seuil béni de vos heureux séjours;
Oui, vous pouvez m'empêcher de vous dire
Que je vous aime et souffrirai toujours;
Mais quand l'Amour dans mon âme insensée
Verse un poison qui me semble si doux,
Vous n'avez pas de droits sur ma pensée....
Je veux, je veux vous aimer malgré vous.

Vous l'avez dit; vous serez inflexible;
J'ai lu mon sort dans ce rire moqueur,
Eh bien, mon Dieu, s'il nous est impossible
Moi, de fermer, vous, d'accepter mon cœur;
Suivons tous deux cette route contraire,
Mon rôle ingrat fera peu de jaloux....
Je puis mourir, mais je dois vous distraire,
Je veux, je veux vous aimer malgré vous.

Victor DRAPPIER.

BERTHE LA FILEUSE.

Air de *la Soie*, de Pierre DUPONT.

Quand votre main miraculeuse
Sème le mil pour chaque oiseau,
Seigneur, songez à la fileuse,
Donnez du lin à son fuseau.

Sans trouver l'existence amère,
Pauvre fille, en ce froid séjour,
Par mon travail, j'aide ma mère
Qui ne voit plus briller le jour;
Mais à l'œuvre en vain je m'efforce
Faites, mon Dieu, pour m'animer,
Que mes bras aient autant de force
Que mon cœur en a pour aimer.
    Quand, etc.
Du hameau les filles puînées,
Qui vont fêtant d'heureux loisirs,
Semblent parfois bien étonnées
De mon absence à leurs plaisirs;
Tandis que mainte jouvencelle
Folâtre auprès d'un jouvenceau,
Ne dois-je pas veiller sur celle
Qui m'a veillée à mon berceau.
    Quand, etc.
Ma prière est presque entendue
Et je pèche à trop demander,
Car bientôt dans ma tâche ardue
Jean, mon promis, viendra m'aider;
Si mon rouet alors ne chôme,
Tous trois vivant avec honneur,
La paix règnera sous le chaume :
Le travail conduit au bonheur.
    Quand, etc.   Hippolyte Demanet.

LA PRIÈRE DES NAUFRAGÉS.

Air : *Où vas-tu, petit oiseau?*

Regarde l'esquif que ballotte
Le terrible océan du nord;
Il n'a ni voile ni pilote,
L'orage le mène à la mort.
Les autans du fouet de leurs ailes
Le poussent, hélas! presque nu,

Aux solitudes éternelles
D'où nul n'est jamais revenu...
Si tu ne veux pas qu'il succombe ;
Reçois, mon Dieu! ses vœux touchants ;
Et sauve l'orphelin qui tombe
Des tempêtes et des méchants !
L'esquif s'est brisé tout à l'heure
Aux écueils qui l'ont enlacé ;
Rejetant un enfant qui pleure
Sur ce promontoire glacé ;
Il prie, il appelle sa mère
Que la vague a prise en chemin,
Et, dans son agonie amère,
Il pense la revoir demain !
       Si tu ne veux pas, etc.
Il tremble, et rien ne le protége ;
La mort va bientôt triompher ;
Pas un brin d'herbe sous la neige !
Pas de bois pour le réchauffer !
Il cherche en vain ; il prie encore,
Car il sent, l'enfant effrayé,
Qu'à défaut du flot qui dévore
Le froid le tûra sans pitié !
       Si tu ne veux pas, etc.
Il va mourir..., mais dans l'espace
Des cris répondent à sa voix...
C'est là-bas un vaisseau qui passe
Avec le pavillon danois...
On a recueilli la victime
Qu'à la mort Dieu veut dérober,
Afin qu'un jour dans son abîme
Son bourreau seul puisse tomber !
Non, tu ne veux pas qu'il succombe :
Mon Dieu, grâce à ses vœux touchants,
Tu sauves l'orphelin qui tombe
Des tempêtes et des méchants ! DURAND.

TROIS AMOURS DE LA VIE.

Air du *Rayon de soleil*.

C'est à vingt ans, quand la vie est joyeuse,
Quant tout sourit d'espérance et d'amour,
Vers l'avenir troupe mystérieuse
Sylphes charmants voltigent tour-à-tour;
D'illusion que l'ivresse prolonge
Tout nous promet le séduisant concours;
N'en devrait-il, hélas, rester qu'un songe,
Pour être heureux, sachons aimer toujours.

Mais du plaisir s'effeuille la couronne,
Fragiles fleurs qui ne brilleront plus;
Dans notre ciel une étoile rayonne,
En la fixant nos yeux se sont émus;
Sous les rayons signalant son passage,
S'est refermé le livre des Amours;
De l'amitié nous épelons la page,
Pour être heureux, sachons aimer toujours.

Pâles reflets d'une brillante flamme,
Nous sommes las; mais souriant encor,
Le froid des ans n'a pas glacé notre âme;
Elle s'élève en un nouvel essor
De nos enfants une simple caresse,
Du temps passé remplace les beaux jours,
Nous n'avons fait que changer de tendresse;
Pour être heureux, sachons aimer toujours.

Maurice PATEZ.

DÉSILLUSION.

Air de *la Nostalgie*.

Moi, t'inspirer une sincère flamme!
Moi, chère enfant, caresser cette erreur!

Non; l'aurais-tu juré du fond de l'âme,
Un tel serment abuserait ton cœur,
Dans cette glace admire donc toi-même
Tes noirs cheveux, ton front au pur contour,
Le mien, hélas! ne permet plus qu'on m'aime;
Les cheveux blancs font envoler l'Amour.

Quand les frimas déchaînent leur furie,
Lorsque le givre, aux fleurettes fatal,
D'un voile blanc recouvre la prairie,
Le tourtereau s'envole au nid natal.
Longtemps aussi gronde au cœur la tempête
Les passions le brisent nuit et jour;
Puis, quand les ans neigent sur notre tête,
Les cheveux blancs font envoler l'Amour.

Comme un parfum de fraîche violette,
Cœur de quinze ans exhale sa langeur;
Rose d'été, la femme plus complète,
Prête à l'amour sa pénétrante ardeur.
Mais, fleur d'hiver, la triste chrysanthème
Tout bas murmure, abdique sans retour,
Vieillard aimant, n'espère plus qu'on t'aime
Les cheveux blancs font cuvoler l'Amour.

Mᵐᵉ Ernestine RABINNET.

L'INFIDÈLE.

Air : *Fleur de l'âme.*

Non, je ne veux plus croire à sa douce parole,
A ses tendres regards, à ses ses serments trompeurs,
Il ne m'aima qu'un jour, et son amour frivole,
Comme le papillon, caresse mille fleurs.

Et vous, rêve si beau de mon âme charmée
Vous ne m'aviez pas dit qu'il devait me trahir,
Adieu, volez vers lui, je ne suis plus aimée,
Apprenez à l'iugrat que Rose va mourir.

Un soir il m'en souvient, alors j'étais heureuse,
Ses yeux fixaient mes yeux, sa main pressait ma main.
Il me d sait : je t'aime ; et sa voix amoureuse
A Lise le disait aussi le lendemain.   Et vous, etc.

Mourir, ô pas encor, pour une fleur flétrie
Faut-il briser l'arbuste et douter du Seigneur ?
La coupe du bonheur n'est pas encor tarie,
Il ne fut qu'infidéle et m'a gardé son cœur.

Et vous, rêve si beau de mon âme charmée
Vous ne m'aviez pas dit qu'il devait me trahir ;
Ne vous envolez pas ; je suis toujours aimée,
C'est de joie et d'amour que Rose veut mourir. MANISSIÉ.

LE PAUVRE IDIOT.

Air des *Rayons de soleil*.

Loin du soleil, sous des voûtes humides,
Pendant seize ans, pauvre enfant, tu gémis !
Victime, hélas ! de projets homicides,
Et libre enfin, malgré tes ennemis !
Quand tu mourais, le bras qui te ranime
Fera demain trembler tes oppresseurs...
Car à tous ceux que le méchant opprime
Dieu, tôt ou tard, sait donner des vengeurs !

Chassant bientôt ton ignorance amère
En toi surgit un doux nom retrouvé ;
Ton premier cri redemande une mère
Au dévouement de ceux qui t'ont sauvé ;
Ta mère, enfant, fut aussi la victime
De tes bourreaux aux sanglantes fureurs...
Mais à tous ceux que le méchant opprime
Dieu, tôt ou tard, sait donner des vengeurs !

Prends garde, enfant, prends garde à cette femme,
Qui tout à coup te prend en amitié ;
Son cœur est faux ; l'enfer est dans son âme :
N'attends demain ni grâce ni pitié...

A son orgueil, sa haine illégitime,
Ta mère et toi devez tous vos malheurs.
Mais à tous ceux que le méchant opprime
Dieu, tôt ou tard, sait donner des vengeurs!

C'est qu'elle sait que ta mère est vivante,
Ta mère, enfant, que tu ne connais pas :
Et qu'un mot d'elle a rempli d'épouvante
Tes ennemis qui surveillent vos pas...
Déjà leur voix, déjà leur rage intime
Te font haïr la pauvre femme en pleurs...
Mais à tous ceux que le méchant opprime
Dieu, tôt ou tard, sait donner des vengeurs.

Elle a subi la plus cruelle épreuve;
Tu méconnais ses cris, et l'arme en main,
Ton désespoir veut lui ravir la preuve
Du crime affreux qui t'a fait orphelin...
Fermant ton âme à son effroi sublime,
On met par toi le comble à ses douleurs...
Mais à tous ceux que le méchant opprime
Dieu, tôt ou tard, sait donner des vengeurs,

En la sauvant, tu reconnais ta mère;
Ton bonheur peut commencer d'aujourd'hui ;
Mais, pauvre enfant, il doit être éphémère,
Brisé, mourant, son dernier jour a lui...
Tes yeux éteints ont vu punir le crime;
Tes ennemis sont frappés si tu meurs...
Car à tous ceux que le méchant opprime
Dieu, tôt ou tard, sait donner des vengeurs.   DURAND.

CHAQUE JOUR AMÈNE SON PAIN.

Air : *Petit papillon azuré.*

Dieu nous a donné l'existence,
Il faut savoir la parcourir;
Sous le chaume et dans l'opulence,
On a des devoirs à remplir.
On apprend, sans cesse, à tout âge,
La vie est un rude chemin;

Quand on possède du courage,
Chaque jour amène son pain.

L'orgueil, la grandeur, la richesse
Ne donnent pas le vrai bonheur;
Le devoir bien rempli seul laisse
Le plaisir pur, la joie au cœur.
On peut être, dans l'existence,
Riche aujourd'hui, pauvre demain...
Quand on travaille avec constance,
Chaque jour amène son pain.

Ne tombons jamais dans l'abîme
Que le vice ouvre sous nos pas.
La vertu, la vertu sublime
Est le bien du pauvre ici-bas.
Subissons tous les sacrifices
Que nous impose le destin !
Quand on sait résister aux vices,
Chaque jour amène son pain.

Infortunés, vous, dont la vie
Est une chaîne de douleurs,
Aux grands ne portez pas envie;
Le palais voit aussi des pleurs.
N'insultez pas la Providence !
Prenez un meilleur lendemain :
Quand on conserve l'espérance,
Chaque jour amène son pain.   DEVAUX.

L'ÉTOILE DU MARIN.

Air : *Ah! dis-moi, douce Marie.*

Brille, brille, pauvre étoile
Qu'aucun nuage ne voile,
En argentant chaque voile,
Du beau brick *le Pèlerin :*

Dans la brume   *bis.*
Ton astre éclatant s'allume,
     Brille, brille
     Et scintille,
Pauvre étoile du marin.

N'es-tu pas, astre éphémère,
L'âme de ma pauvre mère
Qui, pressentant le danger,
Brille pour me protéger ?
     Brille, etc.

N'es-tu pas la messagère
De ma bonne ménagère,
Qui m'envoie avec espoir
Son tendre baiser du soir ?
     Brille, etc.

N'es-tu donc pas l'âme errante
De ma fille qui, mourante,
Me jette un dernier adieu
Et pour moi va prier Dieu ?
     Brille, etc.

Allons, essuyons nos larmes,
On vient de crier : Aux armes!
Car un corsaire est là bas,
Aux armes, grand branle-bas!
     Brille, etc.

Des entrailles du *Pirate*
Un boulet part, siffle, éclate ;
Sur *le Pèlerin* descend...
Pierre tombe dans son sang !...

Puis soudain la pauvre étoile,
Sous un nuage se voile,
Abandonnant chaque voile,
Du beau brick *le Pèlerin*,
     Sa lumière   *bis.*

S'éteint et meurt comme Pierre !
Et, docile,
Elle file.
Avec l'âme du marin !   G. Leroy.

MARGUERITE.

Air : *Loin de sa mère.*

Gentils enfants, partez, voici l'orage,
La foudre au loin retentit dans les airs ;
Gentils enfants, regagnez le village,
Sur vos fronts purs scintillent mille éclairs ;
Ainsi parlait la vieille Marguerite,
Réunissant l'insouciant troupeau ;
Elle ajoutait : fuyez, fuyez bien vite,
Gentils enfants, retournez au hameau.

Gentils enfants, regardez ce vieux chêne,
Là, dans son creux, mon bon petit Henri,
Imprudemment, blottit sa sœur Hélène,
Croyant en lui trouver un sûr abri ;
Mais le bon Dieu sur eux lança la foudre
Qui d'un abri vint leur faire un tombeau !
Je les revis anéantis, en poudre,
Gentils enfants, retournez au hameau

Gentils enfants, le matin même encore
Il me disait, apercevant mes pleurs :
Si, bonne mère, un chagrin te dévore,
Bientôt pour toi luiront des jours meilleurs.
Qu'en ce moment ils me semblaient sublimes !
Mais un fond noir ombrageait ce tableau ;
L'être suprême y marquait deux victimes,
Gentils enfants, retournez au hameau.

Gentils enfants, aimez bien votre mère,
Elle a pour vous tant de soins et d'amour ;

Priez pour elle, enfants, votre prière
Monte tout droit au céleste séjour.
Consolez-la jusqu'à sa dernière heure ;
Sécher les pleurs d'une mère est si beau !
Pour que la joie habite sa demeure ;
Gentils enfants, retournez au hameau.

Désiré ROGER.

CONSEILS A UNE AMIE.

Air des *Rayons de soleil.*

Pardonne-moi d'analyser ta vie,
Bas entre nous je compte tes amants ;
Ils t'ont perdue au souffle de l'Envie,
Ils t'ont promis bijoux et diamants.
De ton honneur ils ont été les guides
En te poussant au chemin de l'erreur :
Tu vieilliras, tes yeux seront humides,
Prends, pauvre amie, un appui dans mon cœur.

Tu vieilliras, que ce conseil te touche.
Que la raison dessille tes beaux yeux ;
Que de baisers s'éteindront sur ta bouche,
O toi qui fis des ingrats, des heureux !
Ton jeune front se chargera de rides,
D'amers regrets causeront ta douleur ;
Tu vieilliras, tes yeux seront humides,
Prends, pauvre amie, un appui dans mon cœur.

Tu vieilliras, où seront donc ces fêtes,
Ces bals charmants aux amours consacrés ?
Ces belles fleurs et ces filles coquettes
Sont un poison dans des vases dorés.
Il en est temps, fuis ces chemins perfides,
Dérobe-toi même au souris moqueur :
Tu vieilliras, tes yeux seront humides,
Prends, pauvre amie, un appui dans mon cœur.

Tu vieilliras, tu ne seras plus belle!
Fouillant alors tes songes amoureux,
Tu verras trop, pauvre amante infidèle,
Qu'un repentir est toujours douloureux!
Ces jeunes gens, de voluptés avides,
Sont presque tous sourds au cris du malheur,
Tu vieilliras, tes yeux seront humides,
Prends, pauvre amie, un appui dans mon cœur.

Tu vieilliras, et tu verras l'abîme
Où te plongeaient de farouches amours.
Que feras-tu, dis-moi, faible victime,
Quand la vieillesse aura fané tes jours?
Las! tu diras à des vierges timides
Que tes amours ont détruit ton bonheur :
Tu vieilliras, tes yeux seront humides,
Prends, pauvre amie, un appui dans mon cœur.

Alexandre PISTER.

ENDORMEZ-VOUS, PETITS ENFANTS.

Air de *la Rose des Champs.*

Qu'il fait froid dans cette demeure,
Du nord souffle le vent glacé;
Enfants, du repos voici l'heure,
Au loin l'airain s'est balancé :
Seule, je dois tenir encore
L'aiguille dans mes doigts tremblants,
Souvent je vois lever l'aurore,
Endormez-vous, petits enfants.

Trop tôt s'endormit votre père
Dans les bras du dernier sommeil,
Et de sa vie ombre éphémère
Vous fûtes le plus beau soleil :

L'hiver exile de sa tombe
Les fleurs, compagnes du printemps,
Le ciel est noir, la neige tombe,
Endormez-vous, petits enfants.

Le vent souffle, et, perdu dans l'àtre,
S'est éteint le dernier tison.
Enfants, votre gaîté folàtre
Brave le froid de la saison.
Dieu, dans sa bonté tutélaire,
De fleurs couvre vos jeunes ans ;
Mais il est tard..., sachez vous taire,
Endormez-vous, petits enfants.

Enfants, malgré votre indigence,
Vos jours ici passent joyeux,
Les vains attraits de l'opulence
Dessèchent le cœur et les yeux,
Avec la fée aux ailes blanches
Qui nous ramène le beau temps
Reviendront les joyeux dimanches ;
Endormez-vous, petits enfants.

Abaissez-vous, têtes mutines,
Sur votre oreiller de satin,
Paix à vos rondes enfantines,
Enfants, dormez jusqu'à demain.
D'un concert de douces louanges
Au ciel expirent les accents,
C'est l'heure où s'endorment les anges !
Endormez-vous, petits enfants.

Maurice PATEZ.

L'AMOUREUX DE JACQUELINE.

Air du *Mariage de François l'Eveillé.*

Pour moi quel bonheur, j' suis t'y content,
J'épous'rai Jacqu'line !
Quell' femme divine,

Pour moi quel bonheur, j' suis t'y content,
Je n' s'rai pas grondé d' papa, d' maman.

V'là que j'ai vingt ans, j'crois que j'suis un homme
Chacun me le dit dans tout le pays,
Quand je s'rai marié, il faudra voir comme
Ça s'ra moi l' meilleur de tous les maris.
  Pour moi, etc.

N'y a point comm'nous deux cents lieu's à la ronde
Nous somm's renommés pour notre beauté !
Lorsque nous passons s'arrête tout l' monde
Ils se mett'nt à rire ; j'en somm's enchanté.
  Pour moi, etc.

C'est vrai qu' nous avons deux joli's figures ;
Ma future est borgn', moi, je suis bancal.
C'est, nous a-t-on dit, des dons d' la nature ;
Puis, je suis calorgne, ça n' me va pas mal.
  Pour moi, etc.

J' suis tortu, bossu, chaqu' fille m'admire
Jacqu'line est grelé' ; sa bouche est d' travers,
Quel bel avaloir ! je l' dis sans médire,
Dans un jour ell' boit plus d' trent' petits verres.
  Pour moi, etc.

Faut voir sa taillette, comme elle est pimpante !
Vraiment, l'on dirait un vrai mardi-gras,
Quand j' lui fais la cour, Dieu ! qu'elle est charmante !
Je n' suis pas dans l' cas d' trouver ses appas.
  Pour moi, etc.

De tout le canton c'est la meilleur' femme,
Car elle est bavarde, menteuse et grognòn ;
Je n' la chang'rais point, j'vous l' jur' sur mon âme !
Quand on m'en donn'rait ving!-huit au quart'ron.
  Pour moi, etc.

F. E. PECQUET.

MON AME.

Air de *l'Amour d'un roi*.

Mon âme court en son instinct rapide
Vers les sentiers ardus et tortueux.
Quel bras m'enchaîne et quel flambeau me guide
La vérité se dérobe à mes yeux !
Quoi, la raison me prive de lumière !
L'instinct toujours me conduit à l'erreur,
A chaque pas, mon pied heurte une pierre,
Mon âme court au-devant du malheur.

J'avais vingt ans, les voûtes éternelles
Laissaient tomber un ange gracieux,
L'ange sur moi vint reposer ses ailes,
Et repartit en volant vers les cieux !
Il est parti... son âme blanche ignore
Que tous mes maux je les dois à son cœur ;
Ange aux yeux noirs, viens je te cherche encor
Mon âme court au-devant du malheur.

De l'art des vers mon âme est idolâtre,
Talent, savoir, ne me sont point offerts,
Gilbert, Moreau, Chatterton, Malfilâtre,
Je sais les maux que vous avez soufferts !
Vos vers brûlants ont égaré ma tête,
Et, rejetant mon ciseau de sculpteur,
Fou, j'ai voulu qu'on me nommât poëte !
Mon âme court au-devant du malheur.

Faible insensé, je croyais à tes charmes,
Sexe charmant, qui me trompais toujours,
Ta main, souvent, loin d'essuyer mes larmes,
Livrait mon cœur aux flèches des amours.
J'ai dans l'Aï cherché la douce ivresse,
Je n'ai trouvé que mépris et douleur !
Illusion, encore une caresse,
Mon âme court au-devant du malheur.

Alexandre PISTER.

BAISERS D'ADIEUX.

Paroles de A. HALBERT (d'Angers). — Musique de
A. MARQUÉRIE.

La musique se trouve chez Durand, rue Beaubourg, 24.
Prix : 20 cent.

Elle n'est plus, celle que mon cœur aime,
Ah ! c'est un rêve, en croirai-je mes yeux ?
Lisons encor, lisons ! douleur extrême !
Elle a franchi le seuil mystérieux !
Toi qui m'écris, ne crains pas que j'oublie
Que ton message est un culte pieux !
Ah ! prions Dieu de la rendre à la vie, } bis.
Car je lui dois de doux baisers d'adieux.

J'étais bien loin quand sa morne prunelle,
En me cherchant, se voila pour toujours.
Faut-il mourir, quand on est jeune et belle ?
Serment d'aimer promet de si beaux jours.
A mon bonheur portiez-vous donc envie,
Dieu qui sitôt la rappelez aux cieux ?
Ah ! rendez-la pour une heure à la vie,
Car je lui dois de doux baisers d'adieux.

Son dernier mot qu'étouffa l'agonie
Ce fut mon nom ! ah ! qu'elle dut souffrir !
A son chevet pas une voix amie
Ne vint lui dire : espère, il peut venir.
Comme une fleur sur sa tige flétrie,
Elle courba son front silencieux !
Ah ! rendez-la pour une heure à la vie,
Car je lui dois de doux baisers d'adieux.

Il est donc vrai qu'ici-bas tout succombe,
Que le néant est notre bien commun ;
Que, nous traînant des langes à la tombe,
Le destin fait une part à chacun.

Vous dont on dit la clémence infinie,
Mon Dieu, soyez miséricordieux!
Ah! rendez-la pour une heure à la vie,
Car je lui dois de doux baisers d'adieux.

UNE ROSIÈRE CHAMPÊTRE.

Air du *Petit Bouton d'or*.

Rêvant naïve bergère,
　Un jour de printemps,
Pour trouver une rosière,
　Je courus les champs ;
Enfin, je vis sous un hêtre,
　Au pied d'un coteau,
Une beauté fort champêtre　　} *bis.*
　Gardant son troupeau.

Tiens, lui dis-je : bergerette ,
　Douce fleur des champs,
Pour décorer ta houlette
　Voici des rubans ;
— A d'autr's contez vos fleurettes,
Je n' somm's point un' fleur :
Tachez donc d' mettr' vos lunettes,
　Monsieur l'enjôleur.

Laisse-moi, tendre sylphide,
　Poser en passant
Dessus ta paupière humide
　Un baiser brûlant ;
— Si vous brûlez j' vous déclare,
　Si c'est votr' désir,
Qu'à deux pas j'avons un' mare
　Pour vous rafraîchir.

Vers le temple de Cythère
　Pour guider tes pas ;
L'Amour vient t'offrir, ma chère,
　L'appui de mon bras.

— Gardez vos jambes pour d'autres,
   J' n'ons pas b'soin d' bâton ;
Mon chien pourrait mordr' les vôtres,
   C' qui n''vous s'rait pas bon.

Que j'aime ton doux sourire,
   Ton air de candeur !
Ton charme enivrant inspire
   Ma verve et mon cœur.
— Je n' sais pas ce que j'inspire,
   Mais je sais que vous m' contez
Des chos's qui n' m' font point rire,
   Et qu' vous m'embêtez.

Ah ! si c'est là le langage
   Que tiennent toujours
Les fillettes de village,
   Dans nos alentours ;
Fi de ses beautés champêtres
   Aimés des badauds !
Elles peuvent aller paître
   Avec leurs troupeaux.   P. E. B. V.

LA FILLE A MA TANTE.

Air de *la Fille à Jérôme*,

Mon Dieu ! mon Dieu ! que je suis content,
   La fille à ma tante,
   J' l'épouse et je m'en vante ;
Mon Dieu ! mon Dieu ! que j' suis content,
   La fille à ma tante,
   J' l'aim' tant, j' l'aime tant !

J'aim' pour tout d' bon ma cousine Hildegonde,
J'aim' ses yeux bleus, son teint blanc, ses ch'veux roux,
Ces trois couleurs ont fait le tour du monde,
J'ai l' cœur francais, ça m' met tout sens sus d'ssous.
     Mon Dieu ! etc.

Oui, ma future en tout point m'intéresse,
Son bonheur est d' fourrer son nez partout;
Et moi qui suis d'une extrême paresse,
Ça fait qu'alors je n' f'rai plus rien du tout.
      Mon Dieu! etc.

A son idée elle mèn'ra la barque,
J' l'épous' demain, j' suis heureux pour longtemps;
J' vais êtr' cent fois plus heureux qu'un monarque,
J' n'aurai mêm' rien à fair' pour les enfants.
      Mon Dieu! etc.

Son père était le tambour du village,
Ce gaillard-là peut dir' qu'il fit grand bruit;
Comme Hildegonde est loin d'être sauvage,
D'elle on s'occupe et le jour et la nuit.
      Mon Dieu! etc.

Dès qu'un dépit lui tracasse la tête,
Ell' brise tout : meubles, verres et plats;
Si j' dis un mot, ell' m'appell' grande bête,
C'est d'amitié, j'en ris et n' m'en fâch' pas.
      Mon Dieu! etc.

Nous somm's conv'nus que j' l'appell'rai notr' femm',
Car ell' prétend qu' la bienséance veut ça;
Moi qui n' f'rais rien pour encourir un blâme,
J' souscris à c' vœu que son amour me traça.
      Mon Dieu! etc.

HALBERT (d'Angers).

A M. VIEILLOT.

LE CLAIR DE LUNE.

Air du *Rayon de soleil*.

Quand le printemps étale ses richesses
Près des sentiers où gaîment nous passons,
Le rossignol, sur des airs d'allégresses,
Chante aux échos ses naïves chansons.

Lorsque tout dort, sur la route commune,
Les amoureux échappent au sommeil;
Ah !
Amants heureux, pour vous le clair de lune
A plus de prix qu'un rayon de soleil. }bis.

La fleur des bois à la blanche rosée
Ouvre son cœur quand apparaît le jour;
Puis, vers le soir, sur sa lèvre rosée,
Le frais zéphir souffle un rayon d'amour.
Qu'une beauté soit rousse, blonde ou brune,
Le même sort l'attend à son réveil;
Ah !
Amants heureux, pour vous le clair de lune,
A plus de prix qu'un rayon de soleil.

Dans les palais, où la gaîté se voile,
Un rameau d'or ombrage chaque nid;
Quand le berger voit briller son étoile
Il prend pour trône un sopha de granit;
La pauvreté, la grandeur, la fortune,
Dans leurs plaisirs ont un bonheur pareil.
Ah !
Amants heureux, pour vous le clair de lune
A plus de prix qu'un rayon de soleil.

MOURET.

DEMOISELLE ET GRISETTE.

Paroles d'Aug. JOLLY. — Musique de A. MARQUERIE.

Chanté par GOZORA
Aux concerts de la salle Martel.

La musique se trouve chez l'éditeur, rue Beaubourg, 24.
Prix : 20 cent.

Pauvre fille du peuple, heureuse en ta misère,
D'un rêve ambitieux pourquoi troubler ton cœur?

N'as-tu pas la jeunesse et mon amour sincère?
N'es-tu pas libre, enfant; n'as-tu pas le bonheur?
La riche demoiselle à qui tu fais envie
Sous ses brillants atours cache un cœur opprimé :   *bis.*
On lui défend l'amour; et l'amour, c'est la vie!...   } *bis.*
Plains-la, son cœur est tendre et n'a jamais aimé !

Quand, de tes premiers pleurs, habile ménagère,
Ta mère, entre ses bras, t'abritait nuit et jour ;
Elle, enfant oubliée aux mains d'une étrangère,
Ignorait de sa mère et les soins et l'amour!...
Joyeuse en ta mansarde, on t'aima, pauvre fille,
Triste dans l'opulence où tout cœur bat fermé :
Elle fut orpheline au sein de sa famille...
Plains-la, son cœur est tendre et n'a jamais aimé !

Plus tard lorsque rêveuse et tremblante à la brume,
Tu courais, jeune fille, à notre rendez-vous :
Elle, esclave attachée aux fers de sa fortune,
Jeune aussi, sans espoir, attendait un époux.
Longtemps on marchanda sa beauté virginale...
Aux ordres paternels son cœur s'est conformé ;
L'indifférence ouvrit la couche nuptiale!...
Plains-la, son cœur est tendre et n'a jamais aimé.

Toi qui, sans artifice à mes yeux toujours belle,
De ton plus doux regard sais t'embellir encor ;
Laisse-lui, — son époux est si froid auprès d'elle, —
Ces bijoux que tu crois faits de perles et d'or.
En vain l'éclat du luxe, ajoutant à ses charmes,
Orne sur son front pâle un bandeau parfumé ;
Ces anneaux sont de fer, ces perles sont de larmes !
Plains-la, son cœur est tendre et n'a jamais aimé !...

MES VINGT ANS.

Air des *Vingt ans* (de M. Tréfeu).

J'ai mes vingt ans, on dit que je suis homme
Et chaque jour j'entends autour de moi .
Dieu qu'il est bien, quel séduisant jeune homme!

Ces compliments me causent de l'émoi,
De mots si doux, mon âme en est ravie,
Présage heureux des plaisirs séduisants !
Pour boire, aimer et jouir de la vie,
Qu'on est heureux, heureux d'avoir vingt ans !

Jeunes beautés, je vous trouve charmantes,
Pour vous déjà je suis épris d'amour,
Autant que bonnes si vous êtes aimantes,
Mon cœur saura vous payer de retour
Dans vos amours si vous êtes fidèles,
Je vous promets un cœur des plus constants.
Ah ! pour tromper et courtiser les belles,
Qu'on est heureux, heureux d'avoir vingt ans !

Pour nous le temps fuit à chaque seconde,
Hélas ! vingt ans ne durent pas toujours ;
Pour courtiser et la brune et la blonde,
Il faut savoir profiter des beaux jours ;
On a si vite atteint la cinquantaine
Que les amours sur les ailes du temps
Se sont enfuis et laissent l'âme en peine,
Il nous faudrait toujours avoir vingt ans !

RETOUR DU PRINTEMPS.

Air des *Femmes du peuple* (Alexandre GUÉRIN).

Petits oiseaux, choristes du bocage,
La liberté protége vos buissons,
Dans les rameaux de votre immense cage,
En voltigeant, redites vos chansons.

Chantez, chantez, le printemps vient de naître,
L'hiver s'enfuit, vaincu par les beaux jours,

Sur le sommet d'un chêne ou d'un vieux hêtre
Rebâtissez le nid de vos amours;
Un air plus doux a réchauffé vos ailes,
Vos petits becs, guidés par les désirs,
Vont pourchasser les amantes rebelles
Dont les refus retardent vos plaisirs.

Chantez, chantez, la campagne orgueilleuse
Montre au ciel bleu ses bataillons d'épis,
Le papillon, de sa robe soyeuse,
De la prairie émaille les tapis ;
Au vent du soir lorsque la blanche lune
Livre son front aux flots diamantés,
Le marronnier, sur sa tunique brune,
Fait scintiller ses boutons argentés.

Chantez, chantez, une brillante étoile
Va pour jamais disparaître à nos yeux,
La blonde Irma va cacher sous un voile
Le blanc satin de son front radieux ;
Elle adorait le fils d'une baronne,
Mais le maudit, égarant sa raison,
De sa candeur effeuilla la couronne,
Et lui ravit son virginal blason.

Chantez, chantez, sur un lit d'agonie,
Un chansonnier sourit à son tombeau,
L'adversité, compagne du génie,
Va de sa vie éteindre le flambeau ;
Pour ce mrat r, vaincu par la misère,
Plus d'un vantard prône son amitié,
Pourtant demain il aura pour suaire
Le noir linceul filé par la pitié.

Noël MOURET.

4

JE N'AI QUE MON AMOUR.

Paroles de J.-A. Sénéchal.—Musique de A. Abadie.

Oh! dis-moi, belle Lise,
Toi, modeste et soumise,
Dis-moi, m'es-tu promise,
Toi que j'aime à revoir?
Quand près de moi tu passes,
Alors je suis tes traces.
Ton sourire, tes grâces,
Me font perdre l'espoir.

Je n'ai point de fortune,
Et languis chaque jour,
Mon cœur n'en aime qu'une,
Je n'ai que mon amour.

Hélas! pour toi que j'aime,
O fortune suprême,
Faut-il un diadème?
Je n'ai rien que mes bras;
Mon cœur et mon courage,
Le gain de mon ouvrage,
Oui, voilà le seul gage
Que j'espère ici-bas.
Je n'ai point de fortune, etc.

Dans ma simple demeure,
Je t'aime... et puis je pleure,
Je veux ma dernière heure,
Je suis las de souffrir;

Mais je te vois si belle,
Et tout bas je t'appelle.
J'aime à vivre pour celle,
Pour qui je veux mourir.
Je n'ai point de fortune, etc.

RÉPONSE INATTENDUE.

Dans la vie orageuse
Dont la brise est affreuse,
Tu veux me rendre heureuse,
Viens, noble travailleur ;
Je crois à ta promesse :
Ton cœur, plein de tendresse,
A toute la noblesse
Du plus puissant seigneur.

Viens, j'ai de la fortune,
Je suis riche pour deux,
Ton cœur n'en aime qu'une,
Viens, tu seras heureux.

MON ANE ET MA FEMME.

Paroles de G. LEROY. — Musique de L. PEUCHOT.

Ah. ah, ah ! j'ai perdu mon âne,
Ah, ah, ah ! et ma femme aussi,
Ah, ah, ah ! malgré qu'on m' condamne,
Ah, ah, ah ! merci, Dieu merci !

Mon ân', mon pauvre Pyrame,
N' voulait plus de sa ration,
Y n' faisions point comm' ma femme
Qui meurt d'une indigestion.
    Ah ! etc.

Au marché, craignant que j' flâne,
Ma femm' m' suivait à tout propos :
Quand j' montais sus l' dos d' mon âne,
J'avais toujours notr' femme sus l' dos.
    Ah! etc.

Je pleur' tant que je m'en pâme...
Allez... j'ons l' cœur plus gros que l' poing :
On remplace un' mauvais' femme,
Mais un bon âne ne s' remplac' point.
    Ah! etc.

Dans ma maison ce qui m' damne,
C'est l' souvenir de mon ennui :
Souvent quant braillait mon âne,
Ma femme braillait plus fort que lui.
    Ah! etc.

LES POMPIERS.

Air des *Travailleurs* (E. Petit).

Honneur aux braves pompiers,
    Tout, jusqu'à l'orage,
    Cède à leur courage,
Honneur aux braves pompiers!
    Le feu dans sa rage
    Frémit sous leurs pieds.

Notre siècle aime les merveilles,
De hauts faits il est amoureux,
Aussi je consacre mes veilles
A chanter les traits généreux;
Pompier au noble cœur, salut, deux fois salut !
L'éclair de ton soleil illumine mon luth.
    Honneur, etc.

Lorsque la flamme est animée
Par les coups terribles du vent,
Dans un nuage de fumée
Les pompiers marchent en avant;   [tiger
Quand l'ombre du trépas près d'eux vient vol-
Leur bras avec amour joue avec le danger.
    Honneur, etc.

L'âme du pompier est hardie,
Les enfers tremblent à sa voix,
Au théâtre de l'incendie,
Le peuple admire ses exploits;
Quand son casque vermeil est noirci par le feu
Il ressemble au soldat des légions de Dieu.
    Honneur, etc.

Le pompier est sur cette terre,
L'homme le moins ambitieux,
La gaîté du son caractère
Le rend aimable à tous les yeux ;
Pour couronner ses jours exempts de repentirs
Sa main cueille souvent la palme des martyrs.
    Honneur, etc.

Lorsque la lune vagabonde
Promène son char triomphant,
Le pompier veille sur le monde,
Comme un père sur son enfant;
Au banquet des élus, à côté du mineur,
L'éternité lui garde une place d'honneur.
    Honneur, etc.

A chaque feuillet de l'histoire
Nous voyons un guerrier puissant,

Pour agrandir son territoire
Teindre les flots avec du sang ;
La gloire du héros trône au milieu des morts,
Les lauriers du pompier fleurissent sans re-
　　　Honneur, etc.　　　　　　　　[mords.
　　　　　　　　Noël MOURET.

UN RÊVE AU BORD DU BOIS.

BERGERIE.

Air : *Demoiselle et Grisette* (A. MARQUERIE).

Ton vagabond troupeau se répand dans la plaine,
Ton appel manque, hélas ! à tes chiens endormis.
Ne rêve plus, crois-moi, ma pauvre Madeleine,
Les rêves sont souvent de cruels ennemis.
N'as-tu pas ce qu'au jour ta mère te prépare,
Ton panier de fruits mûrs, ton morceau de pain bis ?
Prends garde, au bord des bois un jeune agneau s'égare,
Bergère veille bien sur tes blanches brebis !

Peut-être abandonnant ta trop simple houlette,
Te vois-tu transformée en dame de la cour ?
Tes regards éblouis admirent ta toilette,
Le caprice te fait bergère pour un jour.
La fleurette à tes yeux ne vaut pas l'émerande
Qui souvent sert d'agrafe à de coquets habits.
Prends garde, à deux cents pas, je vois un loup qui rôde,
Bergère, veille bien sur tes blanches brebis !

Peut-être auprès de toi vicomtesse ou marquise,
Vois-tu dans les bosquets s'asseoir un beau seigneur
Qui te prenant par la main, plein d'une grâce exquise,
Te parle avec transport, t'écoute avec bonheur !
Comme un souffle embaumé son haleine t'effleure,
Son doigt passe à ton doigt un anneau de rubis ;
Prends garde, un mouton manque à ton troupeau qui pleure.
Bergère, veille bien sur tes blanches brebis !

Tu t'éveilles soudain... regarde, Madeleine !
Un bras vient de punir l'ennemi ravisseur ;

Ton mouton aux buissons a laissé peu de laine ;
L'amour trop méconnu fut votre défenseur.
S'il ne brille jamais dans un royal cortége,
Il calme tes chagrins imprudemment subis ;
Rien ne vaut au réveil le cœur qui nous protége,
Bergère, veille bien sur tes blanches brebis !

Victor BLANCÉ.

PRIÈRE DES NAUFRAGÉS.

Air : *Demoiselle et Grisette* (MARQUERIE.)

Où va ce frêle esquif qu'emporte la tempête
Vers l'Océan du Nord, sans voile et sans secours ?
Un enfant à ses coups dérobe en vain sa tête ;
La tourmente, en grondant, la menace toujours...
La nacelle a touché, par les autans battue.
Des plages sans soleil, comme sans lendemain...
Du gouffre qui dévore et du méchant qui tue
Sauve, Dieu tout-puissant, le faible et l'orphelin !

Aux écueils qui l'ont pris dans leur terrible étreinte
L'esquif brisé rejette aux glaçons éternels
Le martyr délaissé qui pleure et dans sa crainte
Réclame encor l'appui de deux bras maternels...
Sa mère ! elle n'est plus... par la vague abattue
Les flots ont englouti cet espoir souverain.
Du gouffre qui dévore et du méchant qui tue
Sauve, Dieu tout-puissant, le faible et l'orphelin !

Où sont les heureux jours où sur un beau navire,
Il voyait l'horizon toujours pur, toujours doux ;
Père, mère et bonheur, un traître, en son délire,
Lui prit tout, dans un jour de crime et de courroux ;
La faim par sa faiblesse à demi combattue
Lui trace vers la mort un rapide chemin...
Du gouffre qui dévore et du méchant qui tue
Sauve, Dieu tout-puissant, le faible et l'orphelin !

Il tremble, et nul abri ne s'offre à sa détresse,
Il tremble et pas de bois sous ce ciel rigoureux ;
De tous côtés la glace et l'arrête et l'oppresse,
Il tombe, et nul n'entend ses soupirs douloureux !
Sa couche de glaçons de neige est revêtue !
Le froid saisit son corps que torture la faim...
Du gouffre qui dévore et du méchant qui tue
Sauve, Dieu tout-puissant, le faible et l'orphelin !

Pauvre enfant ! entends-tu cette rumeur profonde
Qui monte, qui grandit et vient t'épouvanter ?
C'est la mer qui mugit, c'est l'Océan qui gronde,
C'est la glace qu'il brise, et qui va t'emporter...
Comme du désespoir la vivante statue,
Ton regard, vers les cieux, cherche un appui divin.
Du gouffre qui dévore et du méchant qui tue
Sauve, Dieu tout-puissant, la veuve et l'orphelin !

Enfant ! il faut mourir .. mais soudain dans l'espace,
A son dernier appel des voix ont répondu ;
C'est le secours qui vient ; c'est un vaisseau qui passe,
C'est la vie à l'instant où tout semblait perdu ;
Le martyr est sauvé ; le ciel lui restitue
La liberté qu'il faut pour le venger enfin...
Au gouffre qui dévore et du méchant qui tue
Sauve, Dieu tout-puissant, le faible et l'orphelin !

BONSOIR

OU AJOURNONS A HUITAINE.

Air connu.

Mes bons amis, ajournons à huitaine,
Nos airs joyeux, nos chants de gai savoir :
Momus remonte au céleste domaine,
        Il est minuit, bonsoir,
        Jusqu'au revoir, bonsoir.   *bis.*

A nos santés vidons pourtant nos verres
Prêts à quitter ce toit hospitalier,
Nos devanciers, nos fidèles trouvères,
Buvaient toujours le coup de l'étrier.
Mes bons amis ajournons à huitaine, etc.

De nos amis la cohorte agréable,
Augmente encore avec ce vin clairet,
Quand on est quinze en se mettant à table,
On se voit trente au sortir du banquet.
Mes bons amis, ajournons à huitaine, etc.

Il se fait tard, à gagner sa demeure,
Chacun de nous doit prudemment songer,
Pour les maris c'est un vilain quart-d'heure
Pour les amants c'est l'heure du berger.
Mes bons amis, ajournous à huitaine, etc.

Mais au buveur qui sent sa tête prise,
On doit offrir un bras sûr et prudent ;
Nous aurions l'air d'une patrouille *grise*
Si l'un de nous marchait en chancelant.
Mes bons amis, ajournons à huitaine, etc.

Mais d'un regard votre soif est coupable :
Sur ce bouchon pourquoi fixer les yeux?
De ces flacons qui dorment sous la table,
Ah! dans huit jours le vin sera plus vieux !
Mes bons amis, ajournons à huitaine, etc.

L'ORIFLAMME DES ROUGES BORDS.

Air des *Trois marteaux,*

Compagne de mes beaux jours,
Le boudoir où je l'habille

A pour tapis de velours
Un parterre de charmille;
Etourdîment quand tu cours
   Dans les faubourgs,
Folle chanson, mes amours,
   Fleuris toujours.

Chanson que l'on déifie,
Ta morale enchante et plaît,
Par toi la philosophie
A sa place au cabaret;
Dans ton nid de tourterelle,
Quand la pudeur suit tes pas,
L'innocente pastourelle
De t'aimer ne rougit pas.

Sous les toits d'une grisette
Béranger te sermonna,
Et, sous le nom de Lisette,
Le monde te couronna;
Désaugiers au coin de l'âtre,
Eternisa ton blason,
Debraux sur ton sein d'albâtre
Souvent perdit la raison.

La chanson est l'oriflamme
Du pays des rouges bords,
La poésie est la flamme
Qui fait revivre les morts,
La première est la conquête,
Des bohémiens troubodours,
Si la seconde est coquette,
Ce n'est que dans ses atours.

Chanson ta voix est puissante
Quand tu peins la vérité,
Elle devient caressante
Auprès de la volupté ;
Quand Bacchus, dans son délire,
Traîne ton char triomphant,
Aux doux accords de ta lyre
Tu berces un peuple enfant.

Chansonniers, gais ou moroses,
Orgueilleux de vos moissons,
Le temps fanera les roses
Qui parfument vos buissons ;
L'air des brises printanières
Emporte les feux follets,
Les couronnes chansonnières
Ont pour fleurons des bluets.

Sur le miroir des étoiles
Quand le ciel est radieux,
Tu vogues à pleines voiles
En te moquant des faux dieux ;
Quand sur toi gronde l'orage,
Au lieu d'user tes genoux,
Tu combats avec courage
Les éléments en courroux.

                    Noël MOURET.

_____

LA TEMPÊTE ET LA PRIÈRE.

Air du *Beau nuage.*

Le vent mugit sur l'onde,
Au loin l'orage gronde,

Et la mer est profonde,
Les frappe de stupeur;
Car la vague écumante
Sur l'onde mugissante
Fait frémir d'épouvante
Le malheureux pécheur.

Donne-nous l'espérance
De les revoir toujours,
Calme notre souffrance,
Vierge de Bon-Secours.

Ecoute la prière
D'un fils et d'une mère,
L'un te prie pour son père,
L'autre pour son époux;
La tristesse en partage
Peint sur chaque visage
Te tient ce doux langage;
Pitié pour eux, pour nous...
Donne-nous l'espérance.

Ah! ne crois pas frivole
Notre sainte parole
Qui vers toi prend son vol
Et te supplie encor
De calmer la tempête
Qui gronde sur leur tête,
Que rien ne les arrête
De revenir au port.
Donne-nous l'espérance, etc.

J.-A. SÉNÉCHAL.